VENTE DES MERCREDI 27 ET JEUDI 28 NOVEMBRE 1912

HOTEL DROUOT, SALLE N° 6

à deux heures

ESTAMPES

PRINCIPALEMENT

DE L'ÉCOLE FRANÇAISE DU XVIIIe SIECLE

N° 174

Me F. LAIR-DUBREUIL

MM. PAULME ET B. LASQUIN FILS

EXPOSITION PUBLIQUE : Le Mardi 26 Novembre 1912, de 1 h. 1/2 à 6 h.

CATALOGUE

DES

ESTAMPES

DE DIFFÉRENTES ÉCOLES

Principalement de l'École Française

DU XVIIIe SIÈCLE

PIÈCES IMPRIMÉES EN NOIR ET EN COULEURS

PORTRAITS, ETC.

Dont la Vente aux Enchères publiques aura lieu à Paris

HOTEL DROUOT, SALLE N° 6

LES MERCREDI 27 ET JEUDI 28 NOVEMBRE 1912

à deux heures

COMMISSAIRE-PRISEUR

Me F. LAIR-DUBREUIL, 6, rue Favart

EXPERTS

MM. PAULME ET B. LASQUIN FILS

10, rue Chauchat | 11, rue de la Grange-Batelière

EXPOSITION PUBLIQUE

Le Mardi 26 Novembre 1912, de 1 h. 1/2 à 6 heures

CONDITIONS DE LA VENTE

Elle sera faite *au comptant.*

Les adjudicataires paieront *dix pour cent* en sus des enchères.

L'exposition permettant aux amateurs de se rendre compte de l'état et de la nature des gravures, aucune réclamation, pour quelque cause que ce soit, ne sera admise une fois l'adjudication prononcée.

Les amateurs pourront également examiner les gravures dans la salle de vente, dans la matinée de chacun des jours de vente.

L'ordre numérique sera suivi.

ORDRE DES VACATIONS

Le Mercredi. 27 Novembre, à 2 heures

Nº 1 à 120.

Le Jeudi, 28 Novembre, à 2 heures

Nº 121 à 240.

Paris. — Imp. de l'Art, Ch. Berger, 41, rue de la Victoire.

DÉSIGNATION

ADAM (D'après V.)

1 — *Lithographies* sur les voitures.

Quatre pièces en noir, en feuilles.

ALIX (P.-M.)

2 — *Premier acte civil de la République d'Athènes.*

Gravure en noir, d'après Potain. Marge.

3 — *Portrait de Molière.*

Gravure en couleurs, de forme ovale. Belle épreuve avant la lettre. Grande marge.

4 — *Franklin.*

Gravure ovale imprimée en couleurs, d'après Vanloo. Filet de marge.

ANONYME

5 — *Louis XVI, Roi de France et de Navarre.*

Gravure imprimée en deux tons, bistre et rouge. Marge.

6 — *Tête de Vieillard barbu.*

Gravure en couleurs, à la manière de Demarteau. Sans marge.

7 — *Le Chapeau.*

Gravure en couleurs. Sans marge.

ANONYME

8 — *The poor Soldier.*

Gravure en couleurs, de forme ronde. Épreuve avec marge.

9 — *Seraphine Felichiani, Comtesse de Cagliostro.*

Petite gravure ovale imprimée en couleurs. Sans nom d'auteur. Marge.

10 — *Mme Ate Archiduchesse d'Autriche, sœur de l'Empereur, Reine de France.*

Gravure en bistre, dans la manière de Bartolozzi. Marge.

11 — *La Frayeur (?).*

Gravure en couleur, sans aucune lettre. Marge. Cadre ancien.

12 — *Bacchante endormie.*

Gravure en couleurs, de forme ovale. Avant toute lettre. Marge.

13 — *Femme en buste.*

Gravure à la manière noire, avant toute lettre. Marge. Cadre en bois sculpté.

14 — *Portrait de Femme, en Cléopâtre.*

Petite gravure à la manière noire. Épreuve avant toute lettre. Marge.

15 — *Portrait d'un Général.*

Gravure à la manière noire. Épreuve avant toute lettre. Petite marge.

Cadre en baguettes Louis XVI, de bois doré.

N° 42

ANONYME

16 — *Sujets gracieux.*

Deux petites gravures ovales, gravées au pointillé et imprimées en rouge. Sans marge.

17 — *Jeune Femme en buste, coiffée d'un voile.*

Gravure en couleurs, ovale, avant toute lettre. Marge.

18 — *Portrait de Femme.*

Petite gravure à la manière noire, avant toute lettre. Marge.

19 — *Portrait de Jeune Femme.*

Petite gravure en médaillon rond. Marge.

20 — *Jeune Femme au loup.*

Petite gravure ovale imprimée en couleurs. Marge. Cadre en bois sculpté doré.

21 — *Bal sur la Place de la Bastille.*

Petite gravure ovale imprimée en couleurs. Sans marge.

BARTOLOZZI (F.)

22 — *Marie-Thérèse de Brancas, Duchesse de Nevernois.*

Petite gravure au pointillé. Marge.

23 — *Summer. — Spring.*

Deux petites gravures, d'après Westall et Wheatley. Marge.

24 — *A. Naïad.*

Gravure ovale imprimée en couleurs, d'après Cipriani. Marge.

BARTOLOZZI (F.)

25 — *The Young Italian Fruiter.*

Petite pièce ovale, d'après Aug. Kauffmann, imprimée en bistre. Petite marge.

26 — *The Woodman.*

Gravure en couleurs, d'après Barker. Belle épreuve avec marge.

Cadre en baguettes Louis XIV de bois doré.

BAUDOUIN (D'après)

27 — *Le Coucher de la mariée.*

Copie moderne.

28 — *Marton.*

Petite gravure ovale en couleurs, gravée au pointillé. Sans marge. Cadre en bois.

BEAUVARLET

29 — *Circassiennes au repos.*

Gravure en noir, d'après Le Prince. Très belle épreuve avant toute lettre et avec marge. Signée du graveur.

BIGG (D'après W.)

30 — *A Lady and her children relieving a Cottager.*

— *School boys giving Charity to a Blind man.*

Deux gravures en noir, faisant pendants, gravées par J.-R. Smith. Marge.

N° 63

BOILLY (D'après L.)

31 — *La Douce Résistance.*

Gravure en couleurs, par Tresca. Marge.

32 — *Tu saurais ma pensée.*

Gravure en couleurs, par Petit. Bonne épreuve avec marge.

33 — *L'Optique.*

— *L'Amour couronné.*

Deux gravures en couleurs, faisant pendants, par Cazenave. Marge.

34 — *L'Optique.*

Gravure en noir, par Cazenave. Remargée.

BONNET (L.)

35 — *La Sultane favorite*

Gravure en couleurs, sans marge.

36 — *La Bacchante enivrée.*

— *Le Satyre amoureux.*

Deux gravures imprimées en couleurs, d'après Caresme. Belles épreuves.

37 — *La Réunion de l'Amour.*

— *La Toilette de Vénus* (N° 537).

Deux petites gravures imprimées en bistre, faisant pendants. Marge.

38 — *Le Bain. — La Toilette.*

Deux gravures imprimées en couleurs, d'après Jollain.

Belles épreuves, à petite marge.

BONNET (L.)

39 — *Le Matin. — Le Soir.*

Deux petites gravures imprimées en couleurs, d'après J.-B. Huet. Sans marge.

40 — *La Coquette.*

Gravure imprimée en couleurs. Sans marge.

BONNET (Genre de)

41 — *L'Odorat.*

Petite gravure aux trois crayons, de forme ovale équarrie. Sans marge.

BOREL (D'après)

42 — *La Bascule.*

Gravure, imprimée en couleurs, par L'Eveillé. Épreuve sans marge.

43 — *Le Bain interrompu.*

— *La Circassienne à l'encan.*

Deux gravures imprimées en couleurs ; gravées par L'Eveillé. Belles épreuves.

44 — *Deux vignettes, pour l'*Histoire de Psyché.

Deux gravures en couleurs, avant la lettre. Marge.

BOUTONS (Pièces pour)

45 — *Tête de Femme.*

Petite gravure, de forme ronde.

N° 66

BUNBURY (D'après)

46 — *The Promenade in the gardens of Carlton house, with Neapolitan Ballad singers.*

Grande gravure imprimée en bistre. Sans marge.

47 — *The Sad Story.*

Petite gravure en noir. Marge.

CARESME (D'après)

48 — *Bacchanale.*

Gravure en couleurs. Sans marge.

49 — *Hercule et Omphale.*

Gravure en couleurs, ovale.

CHALLIOU (Chez)

50 — *Cléopâtre ornant le tombeau de Marc-Antoine.*

Gravure en couleurs, de forme ovale. Marge.

CHARDIN (D'après J.-B.-S.)

51 — *L'Instant de la Méditation.*

Gravure en noir, par SURUGUE. Belle épreuve. Rare.

52 — *La Mère laborieuse.*

Gravure en noir, par LÉPICIÉ. Petite marge.

CHRÉTIEN (PHYSIONOTRACE)

53 — *Portrait de Bailly, Maire de Paris, et portrait de femme.*

Deux petites gravures, faisant pendants. Marge.

CHRÉTIEN (Physionotrace)

54 — *Portrait de Femme.*

Petite gravure coloriée, médaillon rond. Marge. Cadre en cuivre.

CLAR (A.)

55 — *The Little roguish girl.*

Petite gravure imprimée en bistre, d'après Reynolds. Grande marge.

COCHIN (D'après C. N.)

56 — *J.-J. Caffiery, sculpteur du Roi.*

Petit portrait noir, par Aug. de Saint-Aubin. Petite marge

COLLYER (Chez)

57 — *Portrait de Femme.*

Gravure en noir avant la lettre. Marge. Cadre en bois doré.

COOPER (R.)

58 — *Miss Stephens.*

Gravure en couleurs. Anglaise.

COSWAY (D'après R.)

59 — *Jeune Femme debout et enfant.*

Gravure en noir, avant toute lettre. Grande marge.

60 — *Instruction.*

Gravure à la manière du dessin, imprimée en deux tons. Grande marge.

Cadre ancien.

No 67

COSWAY (D'après R.)

61 — *The Marquis of Downshire and Lord Arthur Hill.*

Petite gravure, par CONDÉ, dans un médaillon ovale. Sans marge.

COUTELLIER (Par et d'après)

62 — *Mlle Contat, de la Comédie-Française, dans le rôle de Susanne, du* Mariage de Figaro.

Gravure imprimée en couleurs.
Très belle épreuve avec marge.

DEBUCOURT (P.-L.)

63 — *La Promenade publique.*

Pièce capitale du maître.
Épreuve imprimée en couleurs. Marge.

64 — *La même estampe.*

Très belle épreuve imprimée en couleurs, remargée sur les côtés et au-dessous du titre.

65 — *Le Menuet de la mariée.*

— *La Noce au château.*

Deux gravures imprimées en couleurs, faisant pendants. La première est remargée sur trois côtés, ainsi qu'au-dessous de la lettre. La seconde, un peu fatiguée, est remontée sur une marge moderne.

66 — *La Promenade de la galerie du Palais-Royal, 1787.*

Très belle épreuve imprimée en couleurs. Sans marge.

DEBUCOURT (P.-L.)

67 — *La Croisée.*

Très belle épreuve imprimée en couleurs. Marge.

68 — *La Rose mal défendue.*

Très belle épreuve imprimée en couleurs. Marge.
Pendant de la gravure précédente.

69 — *Le Compliment ou la matinée du Jour de l'an.*

Gravure imprimée en couleurs, publiée en 1787. Superbe épreuve, avec petite marge.

70 — *La Servante congédiée.*

Petite gravure, à la manière noire, rare dans l'œuvre du maître. Très belle épreuve avant toute lettre. Grande marge.

71 — *Chacun son tour.*

— *Inutile précaution.*

Deux gravures en couleurs, d'après Carle Vernet. Belles épreuves avec marge.

72 — *Les Courses du matin ou la Porte d'un riche.*

Très belle épreuve en couleurs. Grande marge.
Cadre en bois sculpté.

73 — *Le Départ du chasseur.*

Gravure en noir, d'après Carle Vernet. Belle épreuve avant la lettre. Marge.

Cadre en baguettes Louis XVI de bois doré.

DEMARTEAU (G.)

74 — *Bacchante.*

Gravure en couleurs. Sans marge.

N° 68

DEMARTEAU (G.)

75 — *P.-P. Rubens, à l'âge de XXX ans* (N° 340).

Gravure à la manière du dessin d'après Watteau.

76 — *Bacchantes* (N° 423).

Deux gravures imprimées en couleurs, d'après Le Barbier. Marge.

77 — *Sujet rustique* (N° 295).

Gravure à la sanguine, d'après F. Boucher. Petite marge.

78 — *Sujets divers.*

Vingt et une gravures imprimées pour la plupart à la sanguine, d'après Boucher et autres, en feuilles. (Seront divisées.)

79 — *La Bonne Mère* (N° 171).

Gravure à la sanguine, d'après F. Boucher. Belle épreuve. Marge.

80 — *Le Lion malade* (564).

— *Le Loup-berger* (565).

Deux gravures imprimées en couleurs, d'après J.-B. Huet. Sans marge.

81 — *Amour.*

Gravure à la sanguine, d'après Boucher. Sans marge.

DEMARTEAU (D'après)

81 *bis* — *Hercule et Omphale.*

Gravure, de forme ovale, sans nom d'auteur. Belle épreuve sans marge.

DENON

82 — *Deux Jeunes Femmes.*

Eau-forte, d'après Novelli. Marge.

DENY (Chez)

83 — *Le Rendez-vous de chasse.*

— *Le Départ de la chasse.*

Deux gravures ovales en noir, faisant pendants. Marge.

DESSIN

84 — *Jeune Femme appuyée contre une urne.*

Dessin au lavis d'encre de Chine.

DESSUS DE BOITE

85 — Trompe-l'œil, représentant différents portraits de personnages de la Révolution, sur fond d'assignats.

Petite gravure ronde imprimée en couleurs, avant toute lettre. Marge.

DIVERS

86 — Illustrations pour la Bible, et portraits.

Quatre-vingt-dix pièces environ.

DREVET

87 — *Portrait de Bossuet.*

Gravure en noir, d'après H. Rigaud. Bonne épreuve. Cadre en baguettes Louis XIV de bois doré.

N° 89

DROUAIS (D'après)

88 — *Le Duc de Choiseul, enfant.*

Petite gravure à la manière noire, par Le Brun, 1778.

DUNKARTON

89 — *The Soldiers widow.*

Gravure imprimée en couleurs d'apres Bigg. Belle épreuve. Marge.

ÉCOLE ANGLAISE (xviiie siècle

90 — *Jeunes Femmes.*

Deux petites gravures ovales faisant pendants dans la manière de Bartolozzi. Épreuves avant toute lettre. Petite marge.

91 — *Sujet galant.*

Gravure de forme ovale imprimée en couleurs. Rognée.

92 — *The Happy family.*

— *The Robbed child.*

Deux gravures imprimées en couleurs, rehaussées, faisant pendants. Sans marge.

ÉCOLE ANGLAISE

93 — *Jeune Femme près d'une barrière.*

Gravure ovale en couleurs. Sans marge.

EISEN (D'après Ch.)

94 — *Le Tric-trac.*

Gravure en noir, par Le Bas. Très belle épreuve. Petite marge.

ESNAULT ET RAPILLY (Chez)

95 — *La Sollicitation amoureuse.*

Gravure en noir publiée sans le nom d'auteur. Marge.

FRAGONARD (D'après H.)

96 — *Le Baiser à la dérobée.*

Gravure en couleurs, par N.-F. Regnault. Marge.

97 — *Le Baiser dangereux.*

Gravure en noir, en médaillon ovale, par Flipart.

98 — *Les Jets d'eau.*

— *Les Pétards.*

Deux gravures en noir faisant pendants, par Aunray.

DROUAIS (D'après)

99 — *Les Beignets.*

Gravure en noir, par N. de Launay. Belle épreuve, petite marge.

FREUDEBERG (D'après S.)

100 — *La Crainte enfantine.*

Gravure imprimée en couleurs, par Janinet. Très belle épreuve, avec l'encadrement sans marge.

GAINSBOROUGH (D'après)

101 — *Cottage Children.*

Gravure en noir, par Birche. Marge.
Cadre ancien Louis XVI, en baguettes de bois doré.

Nº 147

GARDNER (D'après D.)

102 — *Fidelity.*

Gravure ovale en travers, par C. White, imprimée en bistre. Petite marge.

103 — *Eloïsa.*

Gravure à la manière noire, par T. Watson. Marge.

GAUCHER (Ch. E.)

104 — *Couronnement de Voltaire.*

Gravure en noir, d'après J.-M. Moreau le Jeune.

GÉRARD (D'après Mlle)

105 — *L'Art d'aimer.*

— *L'Espoir du retour.*

Deux gravures en noir faisant pendants, par H. Gérard. La première remargée.

106 — *L'Elève intéressante.*

— *Le Triomphe de Minette.*

Deux gravures en noir faisant pendants, par Vidal. Rognées sur trois côtés.

107 — *Les Regrets mérités.*

Gravure en noir, par N. de Launay. Belle épreuve avec marge, avec l'adresse *rue de la Bucherie.*

108 — *La même estampe.*

Très belle épreuve avec l'adresse *rue de la Porte-Saint-Jacques.* Sans marge.

GŒPFFERT

109 — *La Toilette de Vénus.*

Petite gravure ovale imprimée en rouge. Rognée.

GREEN (V.) & PARK (Th.)

110 — *A Winter's tale.*

— *The Mouse trap.*

Deux gravures en manière noire, d'après Opie et G. Huck, faisant pendants. Belles épreuves avec marge.

GREUZE (D'après J.-B.)

111 — *La Cruche cassée.*

Gravure en noir, par Massard. Épreuve avec l'adresse de *Dalleme.*

112 — *Bacchante.*

Gravure à la manière noire sans aucune lettre Marge.

Cadre ancien en bois doré.

113 — *La Petite sœur.*

Gravure en couleurs, par Hauer. Petite marge.

GUÉRIN (D'après I.)

114 — *H. G. Mirabeau.*

Portrait de forme ovale, par Fiesinger. Marge.

115 — *Maison de Mme Garrick, à Hampton.*

Gravure imprimée en couleurs, d'après Walls. Marge.

— *Maison de plaisance de R.-H. Welbore Ellis, à Twickenham.*

Gravure pouvant faire pendant à la précédente. Marge.

N° 148

N° 148

HAMILTON (D'après)

116 — *Jeux d'enfants.*

Deux petites gravures en bistre. Sans marge.

117 — *Playing marbles.*

— *Bob Cherry.*

Deux petites gravures en couleurs de forme ovale, par Bartolotti. Petite marge.

HARRIS (J.)

118 — *Going out. — The game in view. — The game secured. — Returning home.*

Suite de quatre gravures en couleurs, d'après Shayer. Marge.

HOPPNER (D'après I.)

119 — *Archness.*

Petite gravure en imitation de dessin. Petite marge.

120 — *Juvenile Retirement Children bathing.*

Deux gravures à la manière noire, faisant pendants, par J. Ward.

Cadres Louis XVI en bois sculpté doré.

HOPWOOD (Par et d'après)

121 — *Mrs. Mary Anne Clarke.*

Gravure imprimée en couleurs. Grande marge.

Cadre ancien en bois sculpté.

HUET (D'après J.-B.)

122 — *L'Eventail cassé.*

Gravure imprimée en couleurs, par L. Bonnet. Petite marge.

HUET (D'après J.-B.)

123 — *Cérès.*

Gravure aux trois crayons, par Liger. Belle épreuve, petite marge.

124 — *Prieuré de Croissy.*

Petite gravure en couleurs, par Mixelle. Marge.

125 — *La Troupe ambulante des rues de Paris.*

Gravure en couleurs, par L. Bonnet. Très belle épreuve. Marge.

126 — *La même estampe.*

Belle épreuve sans marge.

127 — *L'Amant pressant.*

— *La Déclaration.*

Deux gravures en noir, faisant pendants, par Legrand. Sans marge.

128 — *Les Petits Gourmands.*

Gravure imprimée en couleurs, par L. Bonnet. Grande marge.

129 — *Offrande à l'Amitié.*

— *Offrande à l'Espérance.*

Deux gravures imprimées en couleurs, par Jubie. Remargées.

ISABEY (D'après J.-B.)

130 — *Marie-Louise, archiduchesse d'Autriche, impératrice, reine et régente.*

Gravure en médaillon ovale équarri, par Mécou, portant le cachet d'Isabey. Grande marge.

N° 149

JACKSON (D'après J.)

131 — *Miss Chester.*

Gravure en manière noire, par S.-W. Reynolds. Marge.

JANINET (F.)

132 — *L'Amour rendant hommage à sa mère.*

Gravure ovale imprimée en couleurs, d'après Charlier. Très belle épreuve sans marge.

133 — *Tarquin et Lucrèce.*

Petite gravure imprimée en couleurs, d'après Ch. Eisen. Grande marge.

134 — *Les Trois Grâces.*

Gravure imprimée en couleurs, d'après Pellegrini. Très belle épreuve avant la lettre et avant les guirlandes. Marge.

135 — *La Jeune Vestale.*

Gravure ovale imprimée en couleurs, d'après Le Barbier. Belle épreuve avec marge.

136 — *1re et 2e Vues d'Athènes.*

Denx gravures à la sanguine, d'après Boucher fils. Petite marge.

JAZET

137 — *La Demande en mariage.*

— *La Célébration du mariage.*

JAZET

— *Le Retour de l'Eglise.*

— *Le Repas de noce.*

Suite complète de quatre gravures en couleurs, d'après Le Comte. Bonnes épreuves avec marge.

JUBIER

138 — *Vue de la Newa, du côté du Wasiostroff.*

Gravure imprimée en couleurs, d'après Michelle. Petite marge.

KAUFFMANN (D'après Ang.)

139 — *Portrait de Femme.*

Petite gravure ovale, par Ruotte, imprimée en rouge. Petite marge.

140 — *Dancing Nymph.*

Gravure ovale en couleurs, par A. Legrand. Petite marge.

141 — *Happiness and Wisdom.*

Gravure ovale, imprimée en couleurs, par Bartolonii, d'après l'estampe de Bartolozzi. Belle épreuve avec marge.

LANGLOIS (E. H.)

142 — *Caricature.*

Petite gravure satyrique en travers, coloriée.

LAWREINCE (D'après Nic.)

143 — *La Comparaison.*

Estampe, par Janinet, imprimée en couleurs. Belle épreuve, petite marge.

Coucou !

N° 162

LAWREINCE (D'après Nic.)

144 — *La même estampe.*

Belle épreuve, petite marge.

145 — *L'Aveu difficile.*

Estampe, par Janinet, imprimée en couleurs. Belle épreuve, petite marge.

146 — *La même estampe.*

Belle épreuve, petite marge.

147 — *L'Indiscrétion.*

Estampe, par Janinet, imprimée en couleurs. Belle épreuve, petite marge.

148 — *Le Petit conseil.*

— *Ha! le joli petit chien.*

Deux petites gravures, imprimées en couleurs, par Janinet, faisant pendants. Belles épreuves remargées.

149 — *Les Nymphes scrupuleuses.*

Gravure en noir, par Vidal. Belle épreuve avant la lettre.

LAWRENCE (D'après Sir Th.)

150 — *Lady Peel.*

Gravure en noir, par Samuel Cousins. Très belle épreuve à toute marge.

151 — *S. A. R. Madame la Duchesse de Berry.*

Lithographie en noir, par Grevedon. Marge. Cadre doré.

LAWRENCE (D'après Sir Th.)

152 — *Portrait d'un lord.*

Gravure à la manière noire, par S. Cousins. Épreuve avant la lettre à grande marge.

Cadre en baguettes Louis XVI de bois doré.

153 — *Master Lambton.*

Gravure imprimée en couleurs. Marge.

154 — *M. Lambton.*

Petite gravure en noir, par Swebach. Marge.

155 — *Portrait de Femme et Enfant.*

Petite gravure en noir, par Rolls. Épreuve avant la lettre. Marge.

156 — *Portrait de Femme.*

Gravure à la manière noire, par S.-W. Reynolds, avant la lettre. Marge.

157 — *Portrait de Femme.*

Gravure en imitation de dessin, par Lewis.

158 — *Rural amusement.*

Lithographie, par J. Bromby. Marge.

LE GRAND (Aug.)

159 — *Le Bonjour.*

— *La Prière.*

Deux pièces imprimées en couleurs, d'après Miss Julia Couyers. Belles épreuves avec marge.

N° 163

N° 163

LEGRAND (Par et d'après Aug.)

160 — *Le Travail.*

— *La Récréation.*

Deux gravures imprimées en couleurs. Suite aux précédentes. Marge.

161 — *La Récompense.*

— *La Pénitence.*

Deux gravures imprimées en couleurs. Suite aux précédentes. Marge.

LEROY (D'après)

162 — *Coucou!*

Gravure ovale, imprimée en couleurs, par Beljambe. Marge.

LONGUEIL (De)

163 — *Les Dons imprudents.*

— *Le Retour à la vertu.*

Deux gravures, d'après Borel, imprimées en couleurs. Marge.

164 — *L'Hiver.*

Petite gravure en noir, d'après Ch. Eisen. Marge.

165 — *Le Concert méchanique.*

Gravure en noir, d'après Ch. Eisen. Grande marge.

MACHY (D'après de)

166 — *Ruines antiques avec figures.*

Gravure imprimée en couleurs. Épreuve probablement avant la lettre. Filet de marge.

MARIN (L. Bonnet)

167 — *The Charms of the Morning.*

Gravure imprimée en couleurs, à la manière du pastel, avec le cadre ornementé et doré. Très petite marge en bas.

168 — *Les Plaisirs de l'Éducation : Jeune Femme pinçant de la guitare.*

Gravure imprimée en couleurs, d'après J.-B. Le Prince. Sans marge.

169 — *Jeune Femme tenant un bouquet.*

Gravure en couleurs, de forme ovale. Rognée.

170 — *Buste de Femme.*

Gravure en couleurs, de forme ovale. Sans marge.

171 — *Zéphyre et Flore.*

Gravure en couleurs, de forme ovale ; bordure dorée. Rognée à l'ovale.

MÉCHEL (Chr. de)

172 — *Marie-Thérèse Charlotte, de France, fille de Louis XVI.*

Gravure imprimée en couleurs et publiée à l'occasion du passage de cette Princesse à Bâle, le 26 décembre 1795. Petite marge.

MONNET (D'après)

173 — *Le Larcin.*

Gravure imprimée en couleurs, par Robillac. Petite marge.

N° 167

MOREAU LE JEUNE

174 — *La Philosophie endormie.* (Portrait de Mme Greuze, née Babuty.)

Gravure à l'eau-forte et terminée au burin, d'après J.-B. Greuze. Superbe et très rare épreuve avant toute lettre et avec une belle marge. En feuille.

MOREAU LE JEUNE (D'après J.-M.)

175 — *Exemple d'Humanité, donné par la Dauphine en 1773.*

Petite gravure en noir, par Godefroy. Grande marge.

MORLAND (D'après G.)

176 — *A Visit to the Child at Nurse.*

— *A Visit to the Boarding School.*

Deux gravures en couleurs, par W. Ward, faisant pendants.

OPIE (D'après J.)

177 — *The Sleeping Nymph.*

Gravure en noir, par P. Simon. Petite marge.

OWEN (D'après)

178 — *The Blind Beggar.*

— *The Schoolmistress.*

Deux gravures, à la manière noire, par W. Ward, faisant pendants. Belles épreuves avec marge.

PAPPRIL (H.)

179 — *Coursing : In the Slips.*

— *Coursing : The first Turn.*

Deux gravures en couleurs. Marge.

PAROY (Le Comte de)

180 — *Caverne de brigands.*

Gravure imprimée en couleurs. Sans marge.

PERROT (L.)

181 — *Caroline et Windsor.*

— *Mirande et Ferdinand.*

Deux gravures ovales en couleurs, faisant pendants, d'après Harding et A. Kauffmann. Grande marge.

PETERS (D'après W.)

182 — *Apothéose de la Beauté.*

Grande gravure, par Bartolozzi, imprimée en couleurs. Marge.

PICART (C.)

183 — *Miss Foote, as Maria Darlington.*

Gravure en couleurs, à la manière du dessin, d'après Clint.

QUENEDEY (Physionotrace)

184 — *Portraits présumés de Saint-Just et de Mme Paillet.*

Deux petites gravures en couleurs, avec marge.

EXEMPLE D'HUMANITÉ

Vous n'oubliez pas qui nous sommes,
Princesse; et l'infortune est sacrée à vos yeux.
Conservez ce respect: il vous est glorieux.

C'est en s'abaissant jusqu'aux hommes
Que les Rois s'approchent des dieux.
Marmontel

Dédié à Sa Majesté Marie Therese Impératrice Douairiere,
Reine Apostolique d'Hongrie et de Bohême &c. et Presenté à Madame la Dauphine

N° 175

QUEVERDO (D'après)

185 — *Marie-Anne Charlotte Corday, avec scène de l'assassinat de Marat.*

Petite gravure en couleurs, par MASSOL. Marge.

RAMBERG (D'après)

186 — *Shakspeare.*

Gravure en noir, par RYDER. Marge.

REYNOLDS (S.-W.)

187 — *The Hon. Mrs. Agar Ellis.*

Estampe en couleurs, d'après JACKSON. Bonne épreuve avec toute sa marge.

REYNOLDS (D'après Sir J.)

188 — *Lady Smyth.*

Gravure en noir, par BARTOLOZZI.

189 — *Moses in the Bulrushes.*

Gravure à la manière noire, par J. DEAN. Marge.

190 — *Portrait de Femme.*

Gravure en noir, de forme ovale, par J. BOYDELL. Rognée.

191 — *Miss Nelly O'Brien.*

Petite gravure à la manière noire, par S.-W. REYNOLDS. Toute marge.

Cadre ancien bois doré.

REYNOLDS (D'après Sir J.)

192 — *La Peinture.*

Gravure anglaise au pointillé. Sans marge.
Cadre Louis XVI.

193 — *Laughfing girl.*

Petite gravure à la manière noire, par S.-W. Reynolds. Marge.

194 — *The Malborough family.*

Gravure en noir par C. Turner. Belle épreuve à toute marge.
Cadre ancien Louis XVI.

195 — *The R. H. Lady Elisabeth Lee, Daughter of Simon, Earl Harcourt.*

Gravure à la manière noire, par Fisher. Marge.

196 — *Portrait de Femme, tenant un vase; un Amour debout près d'elle.*

Gravure à la manière noire, par J.-M. Ardell.
Belle épreuve, petite marge.

197 — *Caroline, Duchess of Marlborough, With lady Caroline Spencer her Daughter.*

Gravure à la manière noire, par Watson. Belle épreuve, avec marge.

198 — *Mary, Dutchess of Ancaster, 1756.*

Gravure à la manière noire, par Houston. Belle épreuve. Marge.
Cadre en bois doré.

N° 199

199 — *Elizabetha Keppel.*

Estampe à la manière noire, par Fisher. Très belle épreuve sans marge.

Cadre ancien Louis XVI, en bois doré.

200 — *Countess Spencer.*

Gravure en couleurs, par Ange Legrand. Très petite marge.

201 — *Vénus.*

Gravure en noir, par J. Collyer. Marge.

Cadre Louis XVI, en bois doré.

ROUBILLAC

202 — *Têtes de Femmes.*

Deux gravures à la sanguine, faisant pendants. Sans marge.

RUBENS (D'après P.-P.)

203 — *Mademoiselle Lundens.*

Grande gravure imprimée en couleurs, gravée par G. Maile.

SAINT-AUBIN (D'après Aug. de)

204 — *L'Heureux ménage.*

Gravure imprimée en couleurs, par Sergent et Gautier. Petite marge.

205 — *L'Heureuse mère.*

Gravure imprimée en couleurs, par Sergent et Gautier l'aîné. Petite marge.

SAINT-AUBIN (D'après Aug. de)

206 — *La Tendresse maternelle.*

Gravure imprimée en couleurs, par Phelipaux et Moret. Marge.

207 — *La Sollicitude maternelle.*

Gravure imprimée en couleurs, par Sergent et Phelipaux. Sans marge.

SCHALL (D'après F.)

208 — *L'Amant surpris.*

— *Les Espiègles.*

Deux gravures, par Descourtis, imprimée en couleurs. Belles épreuves, avec marges.

209 — *Le Bouquet impromptu.*

Gravure en noir, par Aug. Le Grand. Bonne épreuve, petite marge.

SCHŒPF (D'après)

210 — *Vénus et l'Amour.*

Gravure imprimée en couleurs, par Zancon. Belle épreuve avant la lettre. Marge.

SINGLETON (D'après)

211 — *The Shelter'd Peasants.*

— *The Husbandman's refreshment*

Deux gravures imprimées en couleurs, par Cardon. Marge.

N° 208

SMITH (D'après J.-R.)

212 — *Thoughts on matrimony.*

Gravure ovale en bistre, par Boillet. Grande marge.

SPORT (Pièces sur le)

213 — *Coursing N° 1. — Coursing N° 2.*

Deux gravures en couleurs. Sans nom d'auteurs. Marge.

STOTHARD (D'après)

214 — *Going to school.*

— *Coming from school.*

Deux petites gravures ovales faisant pendants, par Knight. Marge.

215 — *La Surprise.*

Gravure en noir ovale, par Collyer. Epreuve avant la lettre. Marge.

STUBBS (G. T.)

216 — *Horses fighting.*

Gravure à la manière noire, d'après G. Stubbs. Belle épreuve à petite marge.

Cadre en baguettes Louis XVI de bois doré

TAUNAY (D'après N.)

217 — *La Noce de village.*

— *La Foire de village.*

— *La Rixe.*

— *Le Tambourin.*

Célèbre suite complète de quatre gravures, par Descourtis, imprimées en couleurs. Marge.

TAUNAY (D'après N.)

218 — *Noce de village.*

— *Foire de village.*

Deux gravures imprimées en couleurs, par Descourtis, de la même suite que les précédentes. Marge.

219 — *Noce de village.*

L'une des quatre gravures de la suite. Belle épreuve, imprimée en couleurs, du premier tirage. Avec les armes.

220 — *Le Tambourin.*

Gravure imprimée en couleurs, par Descourtis, de la même suite que la précédente. Très belle épreuve avec très petite marge.

221 — *La Rixe.*

Très belle épreuve imprimée en couleurs, gravée par Descourtis. Petite marge.

VANGORP (D'après)

222 — *Le Cadeau de l'Amour.*

— *Le Portrait de l'Amant.*

Deux gravures imprimées en couleurs, faisant pendants, par Bendely. Belles épreuves avec marge.

223 — *La Curiosité punie.*

Gravure imprimée en couleurs, par L'Empereur. Très belle épreuve. Marge.

VERNET (H.)

224 — *Batailles.*

Deux lithographies coloriées. Sans marge.

N° 208

VIGÉE-LEBRUN (D'après Mme)

225 — *Louise-Élisabeth Vigée-Lebrun.*
Estampe en noir, par G. Muller. Bonne épreuve, petite marge.

226 — *Mme Grassini.*
Gravure à la manière noire, par S.-W. Reynolds. Bonne épreuve. Grande marge.

VILLENEUVE

227 — *Il n'y a plus d'enfant.*
Petite pièce grivoise en couleurs, de forme ronde. Marge.

VIVARÈS (Chez)

228 — *La Pudeur allarmée.*
Gravure satirique en couleurs. Marge.

229 — *Les Regrets.*
Petite gravure ovale en couleurs, avant la lettre. Marge. Cadre ancien bois doré.

WARD (Par ou d'après W.)

230 — *Louisa.*
Gravure ovale, imprimée en couleurs. Belle épreuve avec marge.

231 — *Inside of a Country alehouse.*
— *Outside of a Country alehouse.*
Deux gravures imprimées en couleurs, d'après J. Ward et G. Morland, faisant pendants. Belles épreuves. Petite marge.

WARD (Par ou d'après W.)

232 — *The Sailor's orphans.*

Grande gravure, d'après Bigg, imprimée en couleurs. Belle épreuve avec petite marge.

233 — *Charles White, F. R. S.*

Gravure imprimée en couleurs, d'après J. Allen. Très belle épreuve, grande marge.

234 — *The R.-H. Lady Ann Vernon Harcourt.*

Gravure à la manière noire, d'après Jackson. Bonne épreuve avec marge.

WATSON (J.)

235 — *Miss Jones.*

Gravure à la manière noire, d'après C. Read. Petite marge.

236 — *Herry Woodward.*

Gravure à la manière noire, d'après Reynolds. Épreuve avant la lettre. Marge.

Cadre Louis XVI en bois doré.

WATTEAU (D'après Ant.)

237 — *L'Amour au Théâtre-François.*

Gravure en noir par C. N. Cochin. Très belle épreuve avec marge.

238 — *La Mariée de vilage* (sic).

Grande gravure en noir, par N.-C. Cochin.

N° 232

WESTALL (D'après R.)

239 — *The Holy Family.*

Grande gravure, par S.-W. Reynolds, imprimée en couleurs. Marge.

WHEATLEY (?) (D'après)

240 — *Sujets rustiques.*

Deux gravures en couleurs faisant pendants. Sans marge.

www.ingramcontent.com/pod-product-compliance
Ingram Content Group UK Ltd.
Pitfield, Milton Keynes, MK11 3LW, UK
UKHW020355180726
13839UKWH00003B/1116